SV

Zeichnung von Christoph Šubik

Robert Schindel
Wundwurzel

Gedichte

Suhrkamp Verlag

Druck: Nomos Verlagsgesellschaft, Baden-Baden
Printed in Germany
Erste Auflage 2005
ISBN 3-518-41705-3

1 2 3 4 5 6 – 10 09 08 07 06 05

In den Gedankengängen
Leuchten die Kerzen

Sabine Gruber

Für
Elisabeth und Robert Menasse
sowie
für Kusine
Karin Pallier-Hajek,
Nichte meines hingerichteten Vaters
René Hajek,
die ich erst 2003 in Wien fand

Kapitel 1
Nur fortgeschritten, fort und fort

Im Augenscheine

Im Augenscheine
Daselbst die Splitter
Welche ihre Wildspur reißen
Sich spiegeln
Herrschen meine Menschenkinder
Einander an wie ausgeschnitzt
Nach den großen Themen der Leiden

Im Augenblicke
Kaleidoskopen die Harschwelten
Blühen zur Brunst und Atemlosigkeit
Die Kinder fassen einander
An den Handgelenken als wärens Schürhaken
Lachen aus den Köpfen
Im Nackenhafen. Lächeln

Vom Augendruck her.
Aber verschwunden die Sonnen
Wind pfeift durchs Gasselwerk
Innerer Einöden
Die Wildspur zeichnet das Ornament
Die Hornhaut entlang. Schnitzsicher
Rollen die Blicke vom Tränenbord

Wortsucht

Schließlich muss ich in der Sprache
Auf die Sprache losgehen, einzelne
Wörter aufschneiden, daweil mir das Blut
Gefriert, herausnehmen den Kristall
Aus dem Wort, eben den unumstößlichen.

Unangenehm ists, ins Wort zu gehen
Statt ins Wirtshaus. Abermals
Senken sich Götter auf Augenhöhe
Und strahlen mich ab, pflichten
Mir zu.

Pilzgestöber

1

Einen Worthaufen zu Ende bringen
Heraus geh ich aus den Häuserkonventen
Verschlendere zwischen Birken und Haumichweiden

Literaturzeit, weil ich pfeif den Enten
Was sie mir entgegensingen
Müssen es erleiden

Im Wald die knisternden Nadeln betreten
Den Vogelschrei mit dem Ohr erdrosseln
Pilzgestöber unterm Strauchwerk

Den Worthaufen aufstößeln und bosseln
Im Silbenmoos herumjäten
Bis ich die Stille bemerk

2

Wenn ich die Stille bemerk
Erschreck ich und renn in die Häuser
Verschluchz mich zwischen den Laken

Kommen die Tröster, die Wortgesäuser
Besüßeln mein nackt-schwarzes Werk
Bis endlich die Wörter in der Sülze bracken

Bin ich am Anfang, finde ihn fein
Schlenker den Worthaufen mit Demutsgeste
Lass ihn in Bechern aus Binsen sprudeln

Kredenze ihn beim Literatenfeste
Diesen Mix aus Vorneweg und Hinterdrein
Ernte Appläuse fürs Beugen und Trudeln

3

Denn es springt der Fisch am Binsenweg
Wortkot kristallisiert zu Marmelade
Behutet matte Köpfe, deinen, meinen
Wortabdeckerei und ewige Plage.

4

Die Fiedler fiedeln bloß nördlich vom Steg
Ach, das Schweigen komponieren
Sich am Des orientieren
Gelingt keinem …

Epistel von Mammon und Mode

Herrlich ists in die Knie zu gehen vor Mammon und
Mode
Abzutun die Kostbarkeiten aus dem Untergang jener Zeit
In der nichts galt als Mammon und Mode. Herrlich ists
Das Knie in die Welt zu entlassen, dort geht es und fällt
nicht auf es

Sondern stapft unterm Morgenstern durch die Gefilde
Ist jenseits unter- und aufgehender Zeiten stracks und
für sich
Wunderbar Mode und Mammon als kräuselndes Wolken-
gefick
Aus dem schließlich die Batzen herunterfallen, welche
die Bäuche beprasseln

Trinke ich sperrstundenwidrig und knietief im Sumpf
Die Gläser nach Gestern, schultere Mammon und Mode
Hink zu der Aue, dort immer noch Amseln herum-
schreien
Gier unterm Abendstern nach Tigersprüngen ins
Aktuelle

Bepistel den Schlammsachverhalt, beschweige die
Himmel
Damit die Batzen mich weiterhin künftigst anprasseln
Bezwicke die Eier nach Mode, maile den Gedanken nach
Mammon
Die Knie sind schon da, ich falle auf ihre Scheiben

Aber wenn der Morgenstern endlich durch
    Wolkenorgien
Sich abschuppt zum Abend zur Nacht und zum Gelben
Peitschen Mode und Mammon die Körper zu
    Finsternissen
Brechen die Knie, stürzen den Bauch, achten andere
    Kost.

Stehen bloß die Nebel in den Seelengefilden
Brüllen die Hunde, die Amseln biegen nach Einst
Begehen Allherren Mammon und Mode, filzen
Sich zum Zukunftsgeschlecht, ficken die Knie

Alsdann die Kostbarkeiten künftiger Zeiten
Bespieen und durchrülpst zum Komposte kommen
Dort auftun den Essig von Mammon und Mode
Herrlich schimmern die Knie in der Landschaft

Donnert es vom Ich

1

Und auf von der Zungenspitze
Abgeschmecktem Grunde
Im Allgeflüster
Durchdüsterter Lebensentwürfe

Donnert es vom Ich
Hin zum Verfassungsgestöber

2

Aus den Erschießungsgräben
Morsen die verdampften Seelen
Die Frohheit, die Botschaft
Von auf- und untergehenden Sonnen

3

Hinsichtlich und blindsicher
Tauchen die Frohsonnen ab

Was wir auch je ersehnten
Kaltet im Buchstaben. Starrt.

Nature morte 2
(Runtergehundet)

Aber runtergehundet daweil
Wir uns in den Hoffnungskerzen winden
Zur Flamme, herauf, ja dieses
Herauf zu den Akkorden erfüllten Lebens.

Und wer immer den Kopf neigt
Hat das Runtergehundete
Im Blickgetränkten und
Begeht die Zukunftsgebirge
Im Nachtkegel und auf
Die Dämmerungen zu

Vorm Absterben 1

Durchgehoppelt in Mitteleuropa
Vornweg der Würzatem gebliebner
Kommunikationsgenossen aus den geerdeten
Von mir verstandenen Landschaften
Blickhaft durchgepaust haben mich
Schreibende Menschenmengen bei Festivals
Bei Poesiewortgepolter und sogar
Ich selber bestrichle die Wortmonster
Mit meinem Moll. Ein zungenhungriger
Schmatzender Applaus geht mit mir
Bis in meine Schlafecken.
Sprüht aus und in der Morgenfrüh
Wandert der Herzschatten ab.

Vorm Absterben 2
(Raunacht)

Es ist im Schneegehunds die Weihnachtsspur
Die Flocken fallen träge ins Gebell
Ich stapf da durch, Nachtfrost beschweigt mein Haar
Nur fort, geschritten, fort und fort
Da hin, alsda sich doch ein Kreis
Einbindet in den Herzakkord

Wohin ich schau, und was ich weiß
Verweht ist es und nicht mehr dort
Sodass, was werden sollt, auch nicht geschah
Es ist im Schneegehunds Dreikönigstour
Und eiserstarrt bin ich und auf der Stell.
Es bleibt vom Stapfen leises Echo nur

Nachtfrost beschweigt mein Haar
Mein allerletzter bellender Gesell

Winterlandschaft 1
(Nach der Schlacht)

Durch den Schnee
Verunstaltet das Ensemble.
Auftat es sich vorher
Mit seinen brechenden Kiefern
Den blutroten Wutschädeln
Den nervigen Hundscharakteren

Nun liegt das
In den Landschaften, weiß
Beschlafen und starr.
Zwischen den Flocken
Erfrieren die Atemzüge

Winterlandschaft 2
(Männer in Anzügen)

Die ständigen Männer in der Hotellobby
Mit ähnlichen Anzügen dergleichen Krawatten
Licht flackert in ihren nicht ungierigen Augen
Daweil sie sich lachend die Hoden kraulen
Und mit der wenig verschiednen Kollegenschaft
Im angesagten Gespräch sich bewimpern

Diese Männer in Anzügen, ein Geschäftsfeld
Dass Ochsen kollidieren in der Verzäunung
Lecken einander die Lippen und träumen
Den Weißen den Großen ins Schlafgewälz

Nichtgewiegte

In den nichtgewiegten
Schnauzen krachen Zahnreihen aneinander
Schweinsbäuche aufeinander. Und
Die Darmwinde zur
Nacht gepfiffen aber die Augen
Bleiben in den Augen
Morgens fällt
Geschnurcheltes Atemgestolper in
Den Eingangsschwur

Reisevermerk 11
(Bern)

Kälte in Bern die Bären
Reißen sich die Sohlen aus dem Boden
Schweben im Zwinger alt schauen sie
Auf die Brücke rauf dort
Lustig Volk aus Allerleilian
Mit den Mäulern
Schnitte der Luft antun

In Fetzen fällt die den Bären
Vor die gefrorenen Tatzen
In die Rachen gesteckt
Wärmt sich die Berner Luft
Auf und plötzlich prasselt
Der langsame der bedächtige
Wasserchor in den Trommelleib Bern

Reisevermerk 13
(Zürich Flughafen)

1

Mit gesenkten Köpfen
In den Cafeterias sitzen die
Wegstürzenden herum das Grau des
Dezemberhimmels allerorten
Zwischen den Wimpernschlägen

Zwischen den Gepäcksstücken aber wohlbewacht
Laufen die Kinder der Wegstürzenden
Unbeobachtet von den Uhren der Welt
Quieken sie einander das SMS
Des Heraufkommens zu
Lachen schreien greinen ich
Trink mein Glas aus

2

Langsam der rote Wein unterströmt
Den Zungengrund die Dämmerung

Stürze davon
Jenseits von Erdberg
Bewohne ich wieder
Die Schüttelhütte indes
„Die Kälte der Wälder" das
Neue das Jahr schraffiert

Was für ein Stecken
Im Gegenwärtigen

Reisevermerk 14
(Haydn)

1

Wie mir mein Alter entgegenkommt
Im Zug von Wolfenbüttel an der Oker
Runter ins gründurchtönte Wien, mein Wien
Hänge ich vornübergebückt im Speisewagen
Des EC Joseph Haydn, diesem Melodieningenieur
Sitz ich und das näherkommende Wien
Drückt auf meine Schnauze. Hinter Linz
Alsda einst der Führer einen Innovationsblock

2

Aus getöteten Hundsjuden zusammenspannte, Roma
Sowjetische Kriegsgefangene hinzu im Gesprenge
Hinter Linz grünen sich die Schatten blutvoll
Und mit der Nase erreiche ich das Heilige Pölten
Wogegen das Geochsenziemerte in Melk und Zipf sich
verliert

3

So reisen wir morgenfroh dahin. In jeglichem West
Schnaubt sich die Sonn das eigne Gestrahl fort.

Reisevermerk 15
(Nach Irak)

1

Im Blaugehimmel des
Burggrundes von Elmau in Bayern
Als da die Juden
Zusammenkamen um die
Wolken zu interpretieren
Über unsern Köpfen wie immer
Saßen wir einher und
Machtvoll tropfte es
In unseren Häuptern eine
Liebe zu nichts die
Selbstbehauptung im Mollakkord das
Verlegene Gehusche des Gedankens

2

Und unter Umständen
Eine rasierte Gegend
Kaddisch-Schalom

Einweißen

1

Schauen aus wie alle am Vlies
Beurkunden einander im Schatten
Der Kathedralen, der Dezember blies
Seinen Wind in die Kasematten

Unsrer Seelen, vornübergebückt
Mit der Nase im Weinglas, Schweißfilm
Tief auf die Runzelhaut raufgedrückt
Kleinere Pillen für den größeren Willen

Ein Federlesen
Das Durchqueren fremder Seelen
Im Absturz, im falschen Wählen
Bist du einmal richtig gewesen

2

Kommt dir zu der Kuss als Gaumenfett
Macht das Vergebne doch das Echte wett

3

Nochmals Federlesen schweißscheißwilder
Darauf schneits, wird weißern und still
Zwar wird der Atem im Samtnen milder
Aber er sterbt sich, bevor ich was will

Trink ich aus
Geh nach dort
Hintenraus
Fort und fort

4

Weg von allen aber mir
Steh ich wunschbefleckt Spalier
Gehe da hin, lauf nach dorten
Abgeeilet allerorten

5

Her mit deinem Mund, dem Sehnsuchtssehner
Zwischen Brüsten und Holler
Rumsen die Träume
Den jenseitigen Container
Voller und voller

6

Alles wird weißern, alles glasiert
Aber es stirbt sich, aber es wird.

Kapitel 2
So liegt die Wurzel wund

Herbstweise

Kleines Gezitter in der Trunkenheit
Was sich hier anwabert
Brüstepünktlich blickgenau

Aber das Taglicht schmeißen wir
So übers Geschehen dunkel tunken

Wir einander die Augen aufs Irisgebirg
Machen Flötenmundsehnereien

Obwohl wir ziemlich starr im Nacken
Im Hintern und möchten uns haben

So gern, Herbstsonne springt
Über unsere Betten. Bleibt.

Matrix 6
(Nominale)

Im Gewirbelten
Im ohnedies vom Gehöhne
Heruntergespuckten
Gleiten die Frühjahrsseelen
Verstolpern sich und
Schlittern zum
Verblasenen zum
Wortschatten.

Stillstehen sie, sie
Fiepen, fiepen.

Allerdings im Röntgenbild, haudisaudi,
Ist nichts zu sehen.

Matrix 7

In der geseideten im Gewuschelten
Alldahier abgesendeten Sehnsucht
Dawo ich allein im Kreise
Das sehe, jenes

Und in mich versinke. Worauf
Gründet sich eine Sinnstiftung
Woher sickere ich aus Trächtigkeit
Durch alles durch zu einem Ton

Zu zwei Tönen, Schreiort,
Einem Wort

Wundwurzel

1

Ist, da ich sechzig bin, eine alte Welt
Vorhanden, in die ich das Ganze meiner Nasenheit
Reintauch, als ob Vergangenes im Banne hält
Das Weltgeschehn in stipulierter Phrasenheit

Als ob die Alsobmenschenkinder
Verbröseln, so sie Gegenwart erreichen
Standardisieren zum Ahasein und abgleichen
Den Weltgehalt mit sich. Der Doppelbinder

Bohrt sich ins Seelenreich, das blutet rasch.
Ich bin so sukzessive kompatibel
Bloß mit vergangner Entourage

Stapel die Juden unterm immergrünen Hügel
Die sind in ihrem Totsein zugegeben unflexibel
Sodass ich selten Künftiges erhasch

2

Heißt das, dass ich im Windverwehten steck
Nicht fähig, Neuklamüsertes zu alphabetisieren
Als hätt ich für die Gegenwart schon kein Besteck
Lass mich von Zukunftstraumsekunden nicht verführen

Begrummel, als sei dies ein Weltbefehl
Erschießungsgräben, Knochenwolkendampf
Atemkristall, das ists, an dem ich mampf
Leb also in den Totneustädten, dort ich nicht verhehl

Wie fremd ich in die Gegenwart entlassen
Wie ich in Augen Blutgeschöpftes muss verspüren
Und im Gejauchze eigner Lieb muss mich verirren.

Dabei veralte ich, weil möchte ich verquirlen
Den Hoffnungssaft mit einem Gral vom Blut der
Abermassen
Die mich von Einst nach Jetzt mit Sturmgeborenen
befassen

3

So liegt die Wurzel wund
So prangt sie nachtverschattet
Und geht zugrund.
Ist in den Zukunftskerzen allbestattet
Verknotet Wörterbinder tief im Sehnsuchtsmund

Tod am Nachmittag

Die Vögel stecken im Himmel fest
Der Vögelvogel zuvorderst seine Schwingen
Haben das Ostwest wahrlich errungen aufwache
Ich und betappe meinen Bettbezirk

Auf Leibfühlsamigkeit ab noch atmet
Keine neben meinen unter der Decke
Herausgewinkelten Beinen, innenseitig
Kratze ich mir die Schenkel, durchblute sie.

Mit verklebten Augen sammel ich
Die Einsamkeit ein, steige
Aus der Bettstatt, im Nebenzimmer

Drück ich den Knopf und freundlich
Reden Leute aus dem Fernseher mit mir.
Der Blutschlag lässt mich zwar

Auf der Nase liegen, in den Augenwinkeln
Immerhin hat sich das Herbstlicht versammelt
Bescheint mir den Scheitel
Daweil mir der Körper vergammelt

Reisevermerk 18
(Die blonde Stunde)

Abgerungen der angeträllerten Zeit
Hab ich die blonde Stunde in der
Ich unter Zwischenschattigkeiten
Müßiggehe. Wolfenbüttel

Dieses Bildungsbürgerstädtchen entlang
Der emsig vor sich hin blutenden Oker
Schmiegt sich in die Zartsaiten
Meiner Seelendose, die selbst in der Herbstsonne
Blinkt und in aller Ruhe Reflexe
Aushält. Setz mich zu einem Mann

Auf der Parkbank. Der Mensch
Roch aus allen Atemzügen
Widerte mir die Nase zu. Die Omelette
Kehrte zurück, zärtlich hielt der Kerl
Mich an den Schultern fest.

Bis ich unter den Zwischenschattigkeiten
Mir die Übelkeit aus dem Leib ging,
Ankam und um den Tisch
Versammelt meine Leute.

Reisevermerk 21
(Von Bregenz nach Wien)

Von Bregenz nach Wien fliegt das Lächeln
Es zieht über die Berggipfel hin
Und funkelt im Mittag, trudelt im Föhn
Kommt an hier bei mir
In den leopoldstädtischen Auen
In der vierten Schüttelbaumkrone
Dort ich eingewickelt seit je

Eingewickelt in eignen Gedankenfäden
Und sitze herum in den Gipfeln, eine Sinnlichkeits-
mumie
Mit Herzglitzerchen in Ohr und Aug.
In blunzigen Bahnen
Netze ich mir
Den Blick fahl.

Reisevermerk 22
(Dem Jonas)

1

Am Montparnasse
Im Odessa gestern
Im kalten Feber vier
Umzingelt von der Bar Mitzwa
Der Familien Lustiger und Moses, selbst
Der Kardinal war vorhin in der Synagoge
Der Gebetsmantel hing
An meinem Leib diese
Melancholische Fahne
Nun hier
An der place d'Odessa
Fegt der Wind die Tränen vom Gesicht

2

Dass wir noch da sind
Dass etwas da ist im kalten
Feber vier Bar Mitzwa Jonas
Heute im Lutetia
Die Juden tanzen
Wie seit tausend Jahr
Zweitausend gar

Reisevermerk 23
(RER Denfert Rochereau)

Aber in Denfert Rochereau
Frieren sich die Passagiere
Die vorbeilaufenden Drinnensitzer
Das Gebein ab. Lustvoll
Kommt das Februarzeug
Rein in die alternden Knochen

Ich warte auch
Bin ganz abgeträufelt
Und strebe ins Andre, ins Fleisch.

An der Theke

1

Beim Geschwätz, wenn
Auf einmal die Wörter
Zurücktreten hinter die Sterne
Der gehimmelten Rede
Stürzt Stille in den Atemblasebalg
Verlegen einander an den Schultern
Fassend wagt der eine
Die andre den Laut

Schon prasseln verstorbne Körper
Auf neugewachsne Haut.

2

Ringsumher sitzen sie da herum
Und werfen die Gläser nicht
Es ist mir als ob
Die Bevölkerung schluckt und
Ich am Rande. Nehme auch
Einzwei Humpen
Daweil ringsumher die
Möglichen Partnerinnen
In sich Zungen
Mit Wortgeburten beschäftigen

Niemandes Gehör will das.
Mir gehts mitten hinein.

Bahnung

Der Ansatzbolzen mit Fluggenuss
Die Landschaft in Grätsche ob Bäume ob Disteln
Auseinandergetrieben im Bewegungsbeschluss
Die Scharniere fliegen von den Kasteln und Kisteln

Lagern bei Freundinnenlenden
Bei allen befremdlichen Hemden
Kullern in Paradeiserecken
Bleiben im Versteckten stecken

Wurzel ich aus, reiß mir das Hemd von der Schulter
Überspring die Kastelkistel und überkulter
Den eignen, den Ansatzbolzen mit Hand

Fliege auf getempelten Decken
Wälz mich aus den Paradeiserecken
Hin zu den Synapsen vom gusseisnen Land

Amerikablues 2003

Ein Präsident macht den Amerikablues, es kräuseln sich
die Wellen
Beider Ozeane. Weiße Affengesichter malen in den
braunen
Buntschutt. Halb Amerika isst Chili con carne
Daweil die Texashüte in Paragraphenbahnen geworfen
werden

Blues, Terror gegen Mutterficker Islamisten
Mit der Zivilcourage Hand aufs Herz
Lügen im Lungenboot
Fährt es gegen Osten

Bemoost der Ruderschlag.
Vorm Waffengeblüh steht der Marine
Schreibt seiner Lady, unter seinem Schutz
Begehen wir unsere Tage

Traumsturm

Zwischen den auf und zu
Klappenden Augenlidern verfilmt sich
Alle Zudringlichkeit versäumter Passagen
Sodass ich mich nächtens umwerfe mit
Meinen Pratzen den eignen Leib
Zum Jaulen bringen mag, es klagt
Das Scherzo seiner Frühvergangenheit
Als ob die Schweißesperlenkette

Die Hüften runter den Traumsturm zum Kristall
Ausfremden möchte. Du Blick
Du Lächelkatarakt komm auf
Mich zu und unterzunger mir
Die ausgewünschelten die eingeleibten
Stundenrhythmen dieser Spätzukünfte
Auf die es prasselt von den
Endlichkeiten her.

Im eigenen Gemach

Für Edgar Hilsenrath
im Gedenken an
Salomon Schindel
Erschossen am 8. 12. 1941
Im Rumbulawald zu Riga

1

Neben dem Gelege schleichen die Grauschatten.
Stockdunkel ihre Kehlen, das Stimmengewebe
Überzieht den helleren Gehörgang

Wir schlafen im Nest, wir sind tot.
Doch wittern wir und nesseln gegen
Den Gelegeboden. Bussarde in der Luft

Erspähen aufkeimende Knochen. Es
Schimmert gegen den baltischen Himmel
Da ereilt uns der Besen, Kübel

Und wieder hinunter unters Gras
Sollten wir absinken, doch die Rabauken
Unter uns, wir alle, treiben uns auf

Bis wir nackt wieder heraufschimmern
Mit halben Ellen, Viertelspeichen
Dem Ringfinger, Mazel tow, als Bauchpilz.

Die Gehörknöchelchen, in denen wir
Unsere sämtlichen Stimmen speicherten,
Weht der Rumbulawestwind hin zur Tankstelle

Als dort die Rigaer Hunde die Knöchelchen
Zerbissen. Unsre Stimmen furzten aus
Den Hundsohren und blieben hernach den Espen
als Tau

2

Die Ohrfeigen des Regens, urgemütlich
Die Bilanzenfitness, nickend, abernickend
Geh ich durch Pfützen allvergangnen Wassers.
Bis auf die Kniekehlen versäuselt
Das Tümpelleben, da und dort gerötet,
Verblasst beim Zukunftsschritt. Ich höre
Womöglich zages Dröhnen in den Atemzügen
Die sich aufhalten zwischen großen Orten
An Wiesen stottern und bei Frauen
Besonders gerne fauchen. Stillestehn.

Knietief im Wundersamen, dieses Erderleben
Daweil der Hammer schlägt, sein Donner
Befunkt den Gehörgang, Schüsse sinds
Nächst Riga in dem Wald, nun Knochen.
Und Ruhe längst hin auf die Praterauen.
Bis zu den Achseln abgestorbner Samen.
Rund um den Nabel die verblichnen Namen

Doch tanze ich dir zu, erreichbares Geschwitz
Wir augen uns um Aug und Zahn
Befletschen weiche Züge, bis sie dann
Granitern werden und den Glimmer kriegen

Beiß ich nach Luft, du beißt das Wasser
Wir sind umschlungen und gemach
Beinander eigentlich und schlafenswach
Die Nebelstauden klopfen an die Fenster

Unserer Urgemütlichkeit. Die Stunden
Rinnen vergnügt Vergangnem zu
Sodass die Künftigkeiten rein und klar.

Sie funkeln wie seit immer, fiepen
Als sei die Sprache eingeschreint im Ton
Sind Worte Bilderklekse schon.

Knietief steh ich im Weltenhaltigen
Im Erntedank und nehme
Traut bei mir selbst den nächsten Atemzug

Kapitel 3
Ganz ineinand wie nie

Begierdepsalm

Es fallen die Hauswände
Auf denen die Zeit geronnen
Mir entgegen weil ich angespitzt
Irgendwohin gehe
Wie zum Hohn steht
Der gute Stern über mir
Indes ich vorüberdrifte
An den Verzweiflungen
Die auf dem Pflaster liegen

Aus Gespienem der Stern
Wie mir in den Scheitel gesteckt
Braucht seine Lichtsekunden
Auch ich nehm
Den verzögerten Kuss
Zu den zusammengezogenen Zehen

In der Liebe

1

Was immer die Lebensebene entlangrollt
Wenn ein Blickstopp den Atem
Rundumher in die Pirouette bläst

Kann ich nur deine Hand
Kannst du bloß deine Haut
Zärtliches Geknurr aus den Kiefern

Unendlich die ungleichen Atem
Die unsre Schmerzlust liefern
Und liegen uns in den Armen

Atmen aus.
Davon ist, was war
Gekommen ein Lustblickerbarmen

Ruhig ists
Ich dazwischen, der Nachttakt
Ganz ineinand wie nie

Das Lächeln
Für uns
Nackt

2

Ein Wortgeflunker
Das Gemurmel Mund zu Mund
Und die Äste dirigieren die Winde
Geschlossen im Nachtgemächt
Die Sirrungen zerpflückt
Der Sehnblick, die Lippen, die Wülste

Das sind halt Zibeben. Die Vielstimme
Natur braust ins kleine Geschehn
Bevor ich all dem Gewachsnen entrinne
Möchte ich deine Liebe sehn.

Nullsucht 19
(Liebesrondo)

1

Du und du
Nuscheln sich zu
Die gespitzten
Die sehnsuchtsgeschnitzten
Münder, ertrinken
Im Geküsse, als ob
Beim Sehnerv etwas
Sterben müsse
Du und du
Paarlaufgeschnetzeltes Geprächt

2

Du und du
Herabgeworfen vom Geflecht
Aus Gruß und Nu
Zwischen schlecht und recht
Duettverhinkt, verstunken
Und leer getrunken

Nullsucht 21
(Alldahin)

Alldahin alldaher
Nimmermüd, immermehr
Süßgelötet, bitterbrösel
Allverlebt als Lebensschnösel

Coolverpackt mit Morgenandacht
Rumgekräht im Aktienkurs
Harte Eier ungeschlacht
Tempodienerisch zur Bourse

Fliegen Leutchen auf das Pflaster
Samt der ganzen Drosselschar
Doch beim Höhern-Sinne-Raster
Bleibt der Fortschritt, was er war

Alldahin alldaher
Nimmermehr, nimmermehr
Zukunft flötet Gegenwart
Rumgekrähtes kriegt Format

Süßgelötet, bitterbrösel
Und das Terrorbrunzerlösel
Nimmermüd vernichtungsgut
Tut der Tuende sein Tut

Tut und tuts
Tugendfrei
Immermehr
Und nullerlei

Nullsucht 22
(Kreis)

Und keine im Kalkkreis
Und draußen das Ensemble
Aus Liebesglut und Alltagsschweiß
Koketterientrouble

Geh ich nickend durch die Welt
Und die Leute reißen
Mir den Mundwinkel zum Ohr

Bin im Draußen herbestellt
Komm mir weltenhaltig vor
Daweil sie schon den Kreis einweißen

Liebesbeginn

Die Entwederei im Oderschluss
Und pumpen wir den Atem ins Gesöffloch
Kommen wir mit müden Muskeln noch
Werfen aufeinand das Schluss mit Genuss

Berunden einander in der Atemsperre
Bespindeln mit dem Blick das Ausfallstor
Verspeicheln unsere Näbel als ob das was wäre
Kommen im Mundzumund uns wahrhaftig vor

Und spüren uns und tun uns, tun.
Bezüngeln unsre Stellen, durchdringen
Was sich anreibt und zündet nun

Im Sonnauf- und Sonnuntergangszoom
Wolln wir das Bessere an uns auswringen
Das Köstlichste aber, wie wolln wir es singen?

Frau halb vorn

1

Indes die Frau halb hinten mir den Leib anzündet
Daweil sie ohne das zu ahnen in der Sonne sitzt

Ist eine Frau halb vorn in klaffender Verschwundenheit
Lässt im Geseel mich brutzeln, glühn, ich gaukle

Im Nachen und durchpflüge
Mit diesem einiges an Tränenwasser

Gleite einher und lande
Vorm Arsenal der kleinen Frau halb vorn

2

Die ist sehr selten in dem eignen Arsenale
Berennt die Hinterfalten ihres Traumgetapps
Und findet sich im herzensgrünen Tale
Es leuchtet ihr der Mais der Mohn der Raps

Es leuchtet ihr die angewandte Sucht
Und Frau halb vorn bestrichelt sich das alles
Kommt mir entgegen und im Fall des Falles
Beklicken wir einander Wucht für Wucht

Frau daneben

1

Und ist das grüne Leuchten etwas wenig
Die Frau daneben hat in ihrer Jeans
Die Finger angekrallt, hernach
Nimmt sie den Busch, die Saftigkeit

Aus dem Gehose raus, kommt an
Hält mir die Sehnsuchtssulz unter die Nase
Sodass ich anfang meine eignen Atemzüge
Mit forschem Einverleib zu dirigieren

2

Fuchtel mit Handgebärde und recht stimmungslos
Der Frau daneben eine Traumfigur
Sie blickt wohl dem Gefuchtel zu, die Augen groß
Zurückgesunken in das Schattental und nur
Im Ausgestöhn der eignen Wunderpartitur

Liebesschnitz

Im Halbdunkel die Frau mit der Raspel
In die Verschattung gearbeitet, unstet
Die Blicklaute, die Knie am Kinn
Und aus frühen Zeiten fahren die Nebelspiegel
Ins Nun, diese Hütte. Ich steh auf, geh zur Tür
Öffne sie halb. Ade, sage ich.
Du Arsch, sagt sie. Bitte sehr.

Geh aus dem Halbdunkel, die Tür
Zufällt sie hinter meinem Hintern, vor mir
Im Hellen die Frau mit Schwarten
Ins Dann geprügelt. Na du Arsch
Sag ich, zufrieden mit gesalzener Zeit?
Und ob. Wütend Kinn
An Kinn blühen die Küsse

Sehnlied 10
(Im Gezwitter)

1

Im Gezwitter dieses Sehnen
Nach ausgewiesenen Bereitschaften

Einander begegnend
Ohne Messer aber
Mit dem kühnen Wort
Am Revers

Im Dunkel des Erkennens
Im Licht des Erfassens
Schieben sich die Zwitter der Lüste
Zum Sonnengeflecht.

2

Ach du. Lüge. Ficke. Raune.
Ach du. Murkse. Glücke. Staune.

Sehnlied 11
(Die Frauen so fern)

Die Frauen so fern obwohl das Beste
Was passieren mag sind Frauen ganz nah
Das Unausbalancierte im Kussrhythmus
Alle unordentlichen Heimaten und
Sind durchkomponiert von ihren Leibessüßen
Geistesmelodien. Kontrapunktet sich
Einsames Gebaren fade Ferne
Irrlichtert Fremdsucht. Bin dir schön.
Ab in die Leibschrundigkeiten. Ab
In das wundgewurzelte Glück

Schnelle Liebe

1

Hernacheinander in der Kühlzeit
Sind wir in der Morgenfrühe herzwärts
Auf einen Gaumen gefesselt. Derweil
Unsere Blicke in die Haut des andern gehen
Missglücken die künftigen Atemzüge; verspätet
Bimmeln sie herein ins Geschenkel

Den Mantelkragen unter den Ohren begeh ich
An den Versäumnissen vorüber dennoch mein Leben
Schüttle Hände mit der Rechten, die Linke
Wirft mir die Eier aus dem Schritt. Vazierer bin
Ich und tu das Vergebliche.

2

Aber wenn Münder im stumpfen Winkel
Einander begrätschen, sonnabwärts
Läuft die Kusszeit zu den Daunendecken

Steckt ein Sehnsuchtskörper in der Bettwäsche
Kugel ich ihn raus aus dem Federbett
Beseh den Hautversuch, die Münder

Decken die Nacktheit auf, die Fetzen
Wegfliegen die, wir schrubben Haut auf Haut
Lohen lustwärts, zucken und steifen

Beruhigen die Lichter schließlich, die da süchtig
Dumme Zukünfte anscheinen, stoppen
Die Atemzüge vor dem Angstsemaphor.

Gehen mundjenseits arschzugewandt
Heraus aus der Hitzigkeit
Hin zu den Todesvettern

Die unsre Hände abschlecken, dem
Geschlecht den Blick geben
Und mit dem Rücken zu uns

Alles anfurzen, wogegen wir aufgestellt
Windschiefes und Innengemustertes. Ein Immerhin
Bekräht seinen Misthaufen. Im stumpfen Winkel

Verlischen die Wörter. Entsinnungen
Bevölkern wohl die Ahnungen. Strömen
Zu den letzten Deltas. Sonnen baden dort gern

Überzug

1

Heilgeheißen abgeschattet
Ein Körper wurzelt sich im Knirsch
Vor er endgültig bestattet
Rennt er umher devotest und unwirsch

2

In Häuserzeilen gewuchtet
Ein Schluchzakkord
Der Leib fort und fort

3

Verstirbt alldaweil in der Pirsch
Heil geheißen abgeschattet
Lendenmautig zugemattet
Knirschet das ewge Geknirsch

Späte Liebe

1

Warum die Gesäße
Die unbekannte Frauen
Von mir wegtragen
Mich dazu bringen.

Daweil der Unterschied
Von steigenden und
Fallenden Sonnen

2

Komme mir bei
Zur Landschaft

Schnabel mich selig
Träne mich hoch

Kapitel 4
Silben aufeinander und ungenug

Ernte
(Salut auf Elisabeth Borchers)

Tag um Tag weit ausgeworfen die Wortreuse
Aus den wechselnden Lichtern des Lebens zurückgeholt
Die springliebenden Wasser und wiederum hinaus in die
  Weite
Aug und Ohr durch die Plagen hindurch

Hin auf ein Nicken ein Lächeln die Stundengläser
Gefüllt mit entfalteten Erinnerungen ferne
Die Halbschatten unbeantwortete Fragen angekommen
Längst im Hochsitz ...

Die ganzen und großen Einsamkeiten

Für Sabine Gruber

1

Die ganzen und großen Einsamkeiten
Wo ich ganz ohne mich bei mir bin
Durchscheppern die Gegenwart, fingieren
Zukünftige Stromgebiete
Vergangnes staut sich auf in ihnen

Da muss ich rumrennen in großen Städten
In den Riesenwelten
Winziger Ortswillkür
Setzen sich die ganzen und großen Einsamkeiten
Kristallisieren und als Schnittmuster

Fordern sie den kleinen Blick aus mir
Der ich mich setze auch, den Einsamkeiten gleich
Vor diesen kleinen Mokka. Sitze
Trinke ihn, und bissl
Rotwein durchflutet

Meine Zungengründe
Bis in mir
Die großen ganzen
Einsamkeiten anheben mit
Berühmtestem Geschnatter

2

Worten mich ein, hausen mich aus
Machen mir die Welt zu Eigen
Meine Einsamkeiten neigen
Mich ganz und gar. Bauen Genau's

Bauen mir Brücken mitleidsvolle
Dawo die Nachtmahrgestalten
Ob Figurinen Schratte ob Trolle
Die Lüfte und Gegendüfte verwalten

Die ganzen und großen Einsamkeiten
Wirken verschrumpelt aus der Weiten
Dehnen meinen Zeitpuls bis zum Garaus
Nehmen mich in die Arme und geben mich aus

Tratschsuite lungolago

Zwischengeschnatter flattert los
Von den Tischen des Strandcafés
Durchzieht die Höhenmeter
Überm Gardasee

Gelebte Menschen fallen kopfüber
In nacherzählte Geschichten
Ausgepinselt von
Nachgeraden Meuchelplauderanten

Tut sich ein Maulaufreißen auf
Ein Intensivgebrüll lautlos wie die
Vorbeiplätschernden Tage die den
Ufern des Gardasees das Flüsterduett liefern

Mitten in dem trink ich das Wasser aus
Steh auf schau von da auf die Runde

Das Gespräch verläuft sich bis zu
Den endlosen Ecken lungolago
Dort der See ausschweigt
Aller Totheit Geschleppe drüber Wortfarne

Im Zungengrund

Im Zungengrund den roten Wein
Überm Gardasee der Vollmond, fett und gerühmt
Bin in der Gegend und damit allein
Winde durch die Achseln

Ein Partikel, ein Familienbrösel, empfinde
Mich unter geducktem Himmel als geduckt
Lalle vor mich hin in den Gegenden
Strebe nach droben, will Teil sein solcher Lebenden

Die reinwachsen in die herzensvernichtenden Pfründe
Bin Zartfleisch worden von Weltmetzgern ausgeguckt
Rage in den Zungengrund mit dem versammelten
  Grinde

Indes der junge und rote Wein
Mich umplätschert
Möchte ich ein schwimmender Schreiber sein

Möchte ich ein schwimmender Schreiber sein

Vor und fort

Ein Lied aus alten Zeiten
Zertrümmert mir den Mund
Denn die engen Weitesweiten
Fiedeln so moribund

Zwar gehen die schönsten Weisen
Schmuckvoll durch Haut und Ohr
Doch in den Retourgeleisen
Aasen sie fort und vor

So weiß ich was es bedeutet
Der Vergangenheitsakkord
Skelette weil abgehäutet
Marschieren vor und fort

Das Lied aus uralten Zeiten
Hat Zukunft aus gutem Grund
Es häutet die künftigen Weiten
Zertrümmert den Gegenwartsmund

Falsches Leben
(Pour Adorno)

Das Unmittelbare gequetscht
Von Druckquinten von Traumterzen
Schließlich vom Kalkül niederkartätscht
Flackern vor der Iris die Aufwachkerzen

Stürz ich in Tag, Beginn der Vermittlung
Entwickle den Morgengedanken aus seinem Papier
Empfange den Inbegriff, den ich frittier
Nehm ihn aufs Wesen zur Stückelentwicklung

Fadet sich Zeit an, schnürt das Geklopf
Wander ich in den Mittag, neige und nicke
Im Allkrampfgeluder den Kopf

Komme zum Abend. Als Ganzer stopf
Ich den Zukunftsmuskel in den Knauf jener Krücke
Mit der ich davonhumpel über die Brücke

Grünetüde

Schwer liegt das Grün unter der Julihitze
Schaut nicht auf, wälzt sich auf der Prater Hauptallee
Ich sitz in der Meierei vorm Roten und schwitze
Die Gefühlsgedanken in den Eigensee

Bin umwunden im grüngeduckten Stil
Reib den Bauch mir, reib den Gedanken
Horche aufs Irisieren und Schlampampen
Bis das Grünzeug verschimmert im Acryl

Der Šubikechos, gestricheltes Heimatland
Meines Malerfreunds mit der Zauberhand
Und dem Eigensee im Gedankengefühl

Doch die Julihitze verbrauchte schon viel zu viel
Vom drunteren Grün. Ich trinke den Roten still
Strecke mich aus, dreh den Kopf zur Wand

Im Innern

Für Heinz D. Heisl

1

Im Innern des Wortes
Dort Buchstaben im Blut
Silben aufeinander und ungenug
Bastarde allen Ortes

Im Innern des Sprechens
Im Äußern des Scheinens
Im Äußern des Gebrechens
Im Innern des Vereinens

2

Trullen wir trollen und trällern
Moscherln wir murksen und mauern
Himmeln wir höllen und kellern
Trödeln wir trotteln und trauern

3

Bibbern und blubbern und bleiben
Hauen und trauen und leiden
Die Wörter die Wörter erspeiben
Ihr Innres, ihr Buchstabenblut

Krug für Krug

Gelage

Wenn die Dichter ihre lustdurchsprenkelten
Maulwerkzeuge überm Wirtshaustisch
Zueinander stecken, unter den Lichtern
Die Buchstaben links und rechts der Kinne
Runterkollern in die Tränengläser
Kommt der Würztrunk in die Stärke

Schon rasten die Häupter der Dichter
In den Nackenhäfen ein, die Lippen
Umschließen leidenschaftlich den Glasrand.
Den Geruch des Tranks zerreißts beim Sog
Den die Nasenflügel im Atem erzeugen
Der Trunk bewirkt balde das Extrazersehene

Und die Nasen der Dichter reiben
Aneinander; unter den flüchtigen Blicken
Verschwebt aus deren Lichtschein
Obacht zu Obdach, die höraffizierten
Augenblicke punktieren die Stunden
In welchen sie tranken das Ihre bis sich

Die Dichter strecken in ihre Zeit.
Diese beklimpert die müden Wörterleiber
Aber contre cœur furzen die Körper
Dem Zeitbett den Rost bunt, so trinken sie
Träne um Glas, Trunk auf Buchstabe in
All dem Gewirk. Leuchtstoff des Worts

Krulls

1

Manche werfen zu viel ihrer Wörter
Aus der Seelengehirnfalte raus in den Schlund
Ohne fünf Texte ist der Tag gar nicht fertig

Stehn am Muskel und schleudern
Das Echo des Eignen auf den Marktplatz
Stapeln die Empfindlichkeit hoch die überwächst

Das genickgerechte Schauen. Durchfall
Des Wortdirigats und Winde. Sonnen
Fallen aufs Wortwerk, die Schatten im Ton

2

Nichtmal im Ton, die Wortscheißerei
Lässt zurück das lautlose widerristliche Harren
Zu viel schreiben viele. Die Krulls. Zu wenig
Noch mehr

Nullsucht 18
(Pour Mörike)

Federleicht der Daunenflaum der Frühe
Aus Rauschgeträum erwacht in tiefer Nacht
Der Schweiß radiert den Körper ohne Mühe
Da fahr ich hoch und habe den Verdacht

Der mich durchbiss alsda ich wanderte
Wie Deckhengst durch das Allestal
In dem der Fluss der Lust mäanderte
Und dem Gedanken seinen Salzteil stahl

Doch dunkelleicht der Daunenflaum der Frühe
Verdächte kulminieren sovielgern
Vom Paranoidenvogel bis zum gelben Stern

Ich fahre hoch und hab die Körpermühe
Das Fade zu versöhnen mit dem Schwanzgeblühe
Das Eine nah, das Letztre fernesfern

Nullsucht 23
(Kriegsminister)

1

Die Augen verriegelt
Der Atem im Dienst
Aus der Haut kommt der Ton
Verebbt zum Gespinst

2

Denn der Körper mit der Gurke
Und der Atem mit der Raspel
Und die Seele mit dem Kaspel
Bis zum Hintenmurksgemurke
Werfen die Ödnisse
Prachtvolle Schatten
Welche im Atemrisse
Wir eingefleischt hatten

3

Geht der Hintern, unser aller Kriegsminister
Endlich doch in Rente
Sodass das letzte Lustgelüster
Allerdings als Frustgeflüster
Bestrahlt den Okzidente

Im Allseitsgrad
(Pour Hölderlin 15)

1

Andersgearteter Maulsaft
Gesickert geflüstert gehamstert
Das rennt den Lebensfaden
Hinab und drängt und wamstert

Geht die vazierende Lebenskraft
Ins Reich des allseits Graden?
Doch die Stille in den Menschengestaden
Ist der jetzige besondere Saft

Maulsaft gesickert verflüstert
Tropft gegen die Körper, artet.
Zwischen den Sturmglocken geküstert
Entfaltet sich, was einst gestartet.

2

Abgebissen
Im Wortsalat
Allseitsgrad
Schuldbeladen
Zugeschissen
Geschamstert
Gerammstert
Genamstert
Gebamstert
Maulsaft und Liebeskissen.

Kapitel 5
Das fernesferne Mittendrin

Sommerbeginn in Brand

Beginn des Sommers. Wunderruhig
Die Gesten der Birken, der Teich
Blinkt mir ins Seelengewebe. Dieses
Blinken sowie die Gelassenheit

Künftiger Atemzüge lässt mich
Davonreisen in die eignen Ländereien
Dort die Großväter das Hungerbrot kneteten
Und ihre Eltern die Westspur betrippelten

Bis all das Gejude in den Öfen
Und mich herausspie, sodass ich nun
Wunderruhig diesen Sommer bebirke,
Beficke, beträume, beschmause, bewirke

Herzschritt

Die Schrägsonne in Wolfenbüttel
Und ich gehe durch meinen inneren Ort
Passiere Herzrhythmen, fahre fort
Bis ich im Traumtanz mich rüttel

Aus dem Schweißfilm heraus
Entflohen dem Traumgebraus
Dort mir alles misslang
Angststafettenlang

Fahr ich auf, Hand auf den Hoden
Geh mich duschen tagessüchtig
Find das Spiegelbild halbnichtig

Tariere mich im Fortgehn richtig
Und stürze auf den Zukunftsboden
Die Traumsequenzen sind zerstoben

Bleibt ein Stummschrei
Und ein Lachkakadu
Beides kommt einerlei
Und endlos mir zu

Sehnliedchen

Nie gesehne blonde Frau
Im Speisewagen, im Speisewagen
Ich mache inneren Kotau
Im Speisewagen, im Speisewagen

Setz mich schließlich in mich rein
In mein Behagen, in mein Behagen
Zieh die blonde Frau hinein
In mein Behagen, in mein Behagen

Bleibt sie bisschen in mir drin
Eine Kusskajüte, eine Kusskajüte
Und ich träume vor mich hin
Von der Kusskajüte, von der Kusskajüte

Klingt durch diese Kusskajüt
Wunderbar
Die Sinnesuite
Wunderbar

Unter der Decke

1

Wenn in den Ebenen
Luftdick die Schreie verpackt
Und in den Gebirgen
Wolkenverschmiegt das Entsetzen

Fahr ich dahin, eine Metropolenwanze
Saftel ich von oben nach unten ins Land

Schön ist das Übersehene, goldig
Lautlos das Rosengewitter
Als ich hervortauch, foltern die Töne
Den Ohrenwurm, ich kreisel hinab

Grundel, daweil sich der herrliche Kosmos
Schlammschwanger grünt, ich leih mir
Die Krötenaugen, sehe herauf
Ins Gezappel, ins Herzgebäud

2

Umdrungen vom steinernen Schweigschrei
Gedeckelt vom Hut gegen Blitz
Im Innern geblutetes Einerlei
Auf zwerchfellenem Cäsarensitz

Fahr ich dahin, eine Metropolenwanze
Die ich aus Atemzügen stanze

Im Abgetrunkenen

1

Im abgetrunkenen Zeitverbrauch
Die Augäpfel im Nebelgehupe
Komme ich an eine Müdigkeit
In den Lungenflügeln
Die Zuversicht
Summt in den Ohrenfetten

Reißt auf die Landschaft
Lässt die Ornamente all
Der blonden Sonnen auf unsre Bäuche
Sodass wir rumgurken bis es endet
Endlos endet
Hmbsch

2

Aber die Karossen der Genossen
Driften liften und begiften
Was sich als Zeichnung in der Luft
Geschrieben und mit Abgeseufz
Versammelt in der Ostwestgruft

Dort die Genossen mit Geschossen
Über den Jordan. Doch sie stiften
Den Einstbegriff. Den Zukunftsduft.
Den Jetztbegriff des Zugebäuds

Das Mittendrin und das Gesehn
Nach Lippengleichheit und Trotzalledem

Nachtlied 2

Im sonnigen Winter des Jahres drei
Flirren die Sehnsuchtslandschaften
Hinein in die Wachlappen, werfen
Ihre Lichtspur zurück in das Künftige

Das Verbreiten in die Welt, das
Aufgeregte Atmen im erwachsnen Gefild
Als da die Leuchttürme um sich sich drehten
Und ihr Gekräh das Antlitz stützte

Sind im Erdreich zusammengestürzt allesamt
Und mein Herumgekreisel rasiert das Publikum
Schwanke im sonnigen Winter des Jahres drei
Hin zu einer Grube. Halte mich wach.

Halte mich wach an den Rändern, im Klaren
Belaste meine Körpersuite im Allzuwahren
Brech ab, knie im verschneiten Distelbeet
Sing euch mein Nachtlied allzuspät.

Unter der Zunge

Was ich mich freu, angekommen
Und kann morgen meine Mutter
Im Feuerring der Nachhaltigkeiten
Entgegenarmen

Noch ein wenig
Das Sekundenbarmen
Unter der Zunge des Erinnerns
Nachflackern lassen.

Lokalsuite

Hinübergewandert, eine Traverse
Beim Ungemischten der Hoffnungen
Da ist der Stern
Dort ist die Wurzel
Da ist die Höhle
Dort das Glacis

Zurückgeeilt, eine Stolperiade
Durch die Gewissheiten
Da bin ich du
Dort, da ist
Das Marsfeld
Dort wir unter
Allen Wolken

Das Herkunftsgehüpfe

Des Herkunftsgehüpfes Bahnungen
Girlandenes Dasein wundgewurzelt
Denn aus den Hitzetümpeln
Ins kühle Getue herauf

Nun: eine Hütte aus Giebelgewicht
Vor der Tür ein Genossenscharnier
Bis in den Traum der Gerechtsamen

Wickel ich mich nackt aus jenen Bahnen
Habe ich das Herkunftsgehüpfe
Allzuerschöpft in den genasweisten Dramen

Bin nun gestrudelt gezogen
Und bei mir
Mitten im Selbstschussquartier
Hab ich das Gerechtsamige
Ins Künftige gebogen

Und die Giebel palaststürzender Hütten.
Hernach die Herkünfte glücken

Unter nicht gern

Unter nicht gern sinkenden Himmeln
Fahre ich im Zug dahin, nehme
Den Rotwein, indes ein Druck
Wie Schall sich im Brustkorb ausbreitet

Rauf muss ich schauen, die Wolken
Laufen entlang ihrer Windnasen
Aber wenn das Ganze doch sinkt
Unterplustert es mich unter dem Gewölk

Parallelaktion

1

Als Innerstenburscherl bin
Ich naturgemäß
Verwaltet im Äußersten

All meine gepriesenen Riesen
Liliputanern im Bescheid
Sodass ich mich wälzen mag in Sommerwiesen
Adjustiert bin ich im Sorgfaltskleid

Als Äußerstenburscherl bin
Ich naturgemäß
Eingeschreint im Innersten

2

So geht das hin
Nahezu unbezweifelt
Haben wir unsern Meinungssack
Ohne Wort und Sinn
Eingeritzt in solchen Lack
Der das Einfache verträufelt

Burscherln wir uns zu End
Mäderln selbstvergessen
Allgepriesen und elend
Wachsen aus dem Schmerz die Händ

Glossar

alldaweil allerweil, alleweil
Bar Mitzwa religiöse Mündigkeit bei männlichen Juden – aus »bar« (aram. Sohn) und »mitzwa« (hebr. Gebot)
blunzig von Blutwürsten gesäumt
daweil derweil
Erdberg Teil des 3. Wiener Gemeindebezirks
Gasselwerk miteinander verbundene verwinkelte Gassen
gebamstert vollgefressen
genamstert benannt
gerammstert gerammt
geschamstert gehorsamster
grundeln sich auf dem Grund herumbewegen
Kaspel Kasperl
Kasteln und Kisteln Schränkchen und Kistchen
Leopoldstadt der 2. Wiener Gemeindebezirk
lungolago (ital.) rund um den See
Lutetia (lat.) Paris; hier ein Hotel in Paris
Marsfeld Champ de Mars, großer Platz in Paris
Mazel tow (jidd./hebr.) Gut Glück! Alles Gute!
moscherln am Arsch lecken
Odessa hier ein Café auf dem Montparnasse, Paris
place d'Odessa Platz in Paris
Prater große Parklandschaft in Wien – Herz und Lunge der Leopoldstadt
RER Denfert Rochereau RER-Station in Paris (RER = Réseaux Express Regional)
rumsen krachen, schrammen
saftel von safteln: Saft lassen, sabbern
Schüttelhütte Wohnung des Autors in der Schüttelstraße, Leopoldstadt
Šubikechos aus den Bildern des Malers Christof Šubik

Inhalt

Kapitel 1
Nur fortgeschritten, fort und fort

Im Augenscheine 9
Wortsucht 10
Pilzgestöber 11
Epistel von Mammon und Mode 13
Donnert es vom Ich 15
Nature morte 2 (Runtergehundet) 16
Vorm Absterben 1 17
Vorm Absterben 2 (Raunacht) 18
Winterlandschaft 1 (Nach der Schlacht) 19
Winterlandschaft 2 (Männer in Anzügen) 20
Nichtgewiegte 21
Reisevermerk 11 (Bern) 22
Reisevermerk 13 (Zürich Flughafen) 23
Reisevermerk 14 (Haydn) 24
Reisevermerk 15 (Nach Irak) 25
Einweißen 26

Kapitel 2
So liegt die Wurzel wund

Herbstweise 31
Matrix 6 (Nominale) 32
Matrix 7 33
Wundwurzel 34
Tod am Nachmittag 36
Reisevermerk 18 (Die blonde Stunde) 37
Reisevermerk 21 (Von Bregenz nach Wien) 38

Reisevermerk 22 (Dem Jonas) 39
Reisevermerk 23 (RER Denfert Rochereau) 40
An der Theke 41
Bahnung 42
Amerikablues 2003 43
Traumsturm 44
Im eigenen Gemach 45

Kapitel 3
Ganz ineinand wie nie

Begierdepsalm 51
In der Liebe 52
Nullsucht 19 (Liebesrondo) 54
Nullsucht 21 (Alldahin) 55
Nullsucht 22 (Kreis) 56
Liebesbeginn 57
Frau halb vorn 58
Frau daneben 59
Liebesschnitz 60
Sehnlied 10 (Im Gezwitter) 61
Sehnlied 11 (Die Frauen so fern) 62
Schnelle Liebe 63
Überzug 65
Späte Liebe 66

Kapitel 4
Silben aufeinander und ungenug

Ernte (Salut auf Elisabeth Borchers) 69
Die ganzen und großen Einsamkeiten 70
Tratschsuite lungolago 72

Im Zungengrund 73
Vor und fort 74
Falsches Leben (Pour Adorno) 75
Grünetüde 76
Im Innern 77
Gelage 78
Krulls 79
Nullsucht 18 (Pour Mörike) 80
Nullsucht 23 (Kriegsminister) 81
Im Allseitsgrad (Pour Hölderlin 15) 82

Kapitel 5
Das fernesferne Mittendrin

Sommerbeginn in Brand 85
Herzschritt 86
Sehnliedchen 87
Unter der Decke 88
Im Abgetrunkenen 89
Nachtlied 2 90
Unter der Zunge 91
Lokalsuite 92
Das Herkunftsgehüpfe 93
Unter nicht gern 94
Parallelaktion 95

Glossar 97